A
BRAVADE
D'AMOVR.

Contenant 42. Sonnets, ou ſont naifuement Eſcrites les ruſes & les appaſts des Dances beautes orgueilleuſes, & le meſpris qu'on en doit auoir.

Fauus diſtilans labia meretricis, nouiſſima eius amara quaſi Abſynthium,
Sapientiæ.

A PARIS.
Par Claude Percheron, rué Galen
aux trois Chapellets.

1611.

Auec permiſſion.

LA BRAVAD D'AMOVR.

SVIVANT l'erreur commune où guide l'ignoran
Ie me pasmois aymant vne beauté,
Et aueuglé d'esprit en ma naïfueté
Ie glissois en l'abus d'vne vaine esperance:
I'allois plain de souspirs rechercher allegeance
Vers l'obiect qui m'estoit obiect de cruauté
Et ne pensois qu'à l'œil qui m'auoit arresté,
Comme chacun s'adonne à ce que son cœur per
Ie me perdois d'amour, de regrets & d'ennuis,
Ie souspirois de iour, ie lamentois de nuicts
Furieux n'ayant rien qu'en l'ame vne maistre
Et ne descouurant pas que les dames faisoient
Mille jeux de mespris de ceux qui les prisoien
Trompé par vn bel œil ie mourois de destres

II.

Maintenant que ie ſçay (commençant mon bon heur)
De quel eſprit faſcheux les Dames ſont menées,
Suiuant en liberté meilleures deſtinées,
Ie me donne plaiſir de ma premiere erreur :
Ie recognois l'abus dont ceſte folle humeur
Agitoit quelquesfois mon ame & mes penſées,
Et ſans plus me former au cœur telles idées,
Ie viuray triomphant & non pas ſeruiteur.
Ie braueray l'amour, & d'vne belle audace
Ne craignant leur rigueur, ny ſouhaittãt leur grace
Des Dames ie prendray tout ce que ie pourray,
Ie les feray reſoudre à oublier leur gloire,
A ſe laiſſer conduire, à prier, & à croire
Qu'elles feront en fin tout ce que ie voudray.

III.

Lors que premierement nous abordons les Dames,
Nous qui auons l'honneur de la perfection,
Elles ont (ie le ſçay) de toute eſmotion
Pour nous vouloir du bien les agreables flames :
On cognoiſt auſſi toſt les delicates ames
Donner lieu doucement à leur affection,
Et ſi elles oſoient plaines de paſsion
Elles deſcouuriroiẽt leurs amours par leurs larmes.
Cependant finement par l'art de leur beauté
Elles ſapent nos cœurs, & noſtre volonté
Aiſe ſe laiſſe aller à leur bel artifice,

Et nous ne voyons pas combien dedans leur cœur
Se logent de desdains, de mespris & d'erreur,
Mais nous sacrifions nostre ame à leur malice.

IIII.

Leur faisant les doux yeux nos vœux elles reçoiuent
Et d'un souspir larron feignans mesme desir
Nous tirent doucement, pour se donner plaisir
Par les euenemens qu'au cœur elles conçoiuent.
Vrayment quand doucement nostre ame elles deçoi
De ie ne sçay quel biẽ nous nous sentons saisir, (uẽ
Que peu considerez nous n'auons pas loisir
De voir en leurs façons ce que tous apperçoiuent
Ainsi subiects d'amour leurs yeux nous adorons,
Nous nous rẽdons captifs, nous priõs nous pleurõs
Tous humbles leur rendans deuoir d'obeyssance:
Et lors elles qui sont d'vn cœur rude, & hautain,
Se ioüent de nos pleurs, & fieres en desdain
Brauent nostre sottise auec trop d'insolence.

V.

Il faut auoir vn cœur pour aller à la guerre,
Et nom pour se laisser aux femmes abuser.
Il ne faut aux appas d'vn bel œil s'amuser,
Ains perdre ses esclairs par vn rude tonnerre.
Il ne faut pas qu'vne ame indiscrettement erre,
Pour vn lustre d'abus que l'on doit mespriser,
Mais il faut viuement son courage artiser,

A ſurmonter l'orgueil, qui trop fier nous atterre:
Quand nous aurons les cœurs ſi dignement formez,
Pour des vaines beautez ne ſeront animez,
Mais ſçaurons à propos gouuerner nos penſées.
Alors pleines d'amour les dames nous priront,
Humbles elles viendront à ceux qui les voudront,
Et ſi s'eſtimeront encores bien priſées.

VI.

Si quelque Dame eſt belle, elle aura le cœur fier,
Heureux eſtimera ceux qui parleront d'elle,
Et plus heureux encor cil qui la trouuant belle,
A ſes pieds oſera humble s'humilier.
S'elle penſe ſçauoir en ſon eſprit leger
Imaginant touſiours quelqne choſe nouuelle,
Vers les hommes ſera vaine ingratte, rebelle,
Rude à qui la voudra doucement ſupplier.
Si elle a des moyens fondee en ſa richeſſe,
Triomphera galande en faiſant la maiſtreſſe,
Et pleine de fierté, faſcheuſe brauera:
Meſme ſi elle eſtoit, laide, ignorante, & haire,
Elle aura de l'orgueil: car elle penſera
Qu'elle a ie ne ſçay quoy dont nous auons affaire.

VII.

Ie ne regrette point douce-belle maiſtreſſe
De vous auoir ſeruy, car vous le meritiez:
Mais loin de ce bel œil duquel vous m'allumiez

Ie plains d'auoir cogneu des autres la rudeſſe.
Ma belle viuez donc ſans peine & ſans detreſſe,
Et vous viuez auſſi qui vous humiliez,
Mais vous dont le cœur feint fait que fiere ſoyez
Periſsez de fureur, de deſpit, de triſteſse.
Belle quand i'adorois l'honneur de vos beaux yeux,
Humble ie leur eſtois, car ils m'eſtoient piteux,
Mais les autres beautez indignes qu'on admire.
Pour ſe faire valoir font mourir vn amant,
Et à pluſieurs amis octroyent librement
Ce qu'vn pauure abuſé mal à propos deſire.

VIII.

Vous ne ſçauez que c'eſt vous qui blaſmez amour,
Vous n'auez point ſenty d'vn bel œil la bleſsure,
Mais vains & parreſseux ennemis de nature,
Paſſez loing de l'honneur indignement le iour.
Vous ſçauez que bien c'eſt vous qui priſez l'amour,
Qui dans le cœur auez d'vn bel œil la bleſseure,
Qui prompts & diligens, dignes fils de nature
Paſsez ſelon vertu heureuſement le iour.
Tous ces propos ſont beaux, & à fantaſie,
Vn chacun eſlira le ſentier de ſa vie,
Eſtimant bon & beau le chemin qu'il prendra:
Mais moy i'eſtime digne, heureux, accort, & ſage,
Qui gentil, ioüyſsant de ſon libre courage,
Sy nom pour paſsetemps aux Dames n'entendra.

IX.

Lamenter à part ſoy pour vne beauté vaine,
Importnner le ciel de ſes cris amoureux.
Sans ceſſe regretter ſe plaindre malheureux,
Et ſe feindre à ſon gré la douleur d'vne geſne:
Paſſionner ſon ame & s'emmaigrir de peine,
Appeller vn bel œil, or'doux, or'rigoureux,
Idolatrer l'obiet pour qui tout langourenx,
On ſouſpire ſon mal, d'vne piteuſe aleine:
Prier honteuſement vne femme qni n'eſt,
Ny beauté, ny vertu, qu'autant qu'elle nous plaiſt,
Et ſouffrant ſon dédain, en tourmenter ſa vie.
Auecques trop d'honneur laſche s'aſſujettir
A la femme qui n'eſt née que pour ſeruir,
Ce ſont à dire vray des effects de folie.

X

Que vous eſtes genez vous pauure douloureux,
Si vous auiez ſenti de la geſne la preſſe,
Vous n'auriez point au cœur le nõ d'vne maiſtreſe,
Et n'auriez en l'eſprit les deſirs amoureux:
C'eſt bien faute de cœur à l'homme langoureux
De ſe forger ainſi vne dure deſtreſe,
Au lieu que d'vn ſang chaud, que la grãdeur adreſſe,
On ſe doit monſtrer fort, prudent & genereux.

Qui eſt celuy qui nous irrite,
Dira quelque belle dépite,
Et ne trouue en nous rien de bon?
C'eſt vn qui à tout fait entendre,
Que ſi ne vouliez nous le vendre,
N'en mettriez à l'air le bouchon.

Qui pour se voir chercher grand cas s'estimeront,
Mais feignons vn petit de n'en auoir que faire,
Vous verrez auenir, tout soudain au contraire,
Que nous les recherchõs, qu'elles nous chercherõt

XI.

Madame sera là faisant la retranchee,
Ne vous sonnera mot, mais bien vous espi'ra
Si vous parlez à elle, elle vous reiet'ra,
Bien fiere toutesfois de se veoir reche chee,
Voulez vous l'accoster, comme bien empeschee
N'en fera pas semblant, mais se destournera,
Et pour plus vous brauer à vn autre entendra;
Et plus vous l'aimerez, moins en sera touchee.
Vous cognoist on picqué, vrayement vous en aurez
Vous voulez de l'amour, & vous en pastirez,
Ainsi se faut iouer se disent ces meurt rieres :
Mais sçauez vous que c'est, n'en faictes point d'estat
Vous serez recherché, & prendrez vostre esbat
A vous voir caressé de ses ames tant fieres.

XII.

Dames qui les vertus honorez saintement,
Ne vous passionnez pour chose quie die,
Ie ypoin contre vous anim é mo nnuie,
Cavous veux seruir, fidelle en mon serment:
Touché du bel amour dont tant heureusement
Ie ressens les douceurs en mon ayse accomplie,

Ie iure qu'à iamais i'honoreray ma vie
Du nom de seruiteur seruant loyalement:
Mais non pour vous seruir, friandes dédaigneuses,
Qui en voulez auoir, & cependant fascheuses
Prenez plaisir à voir vn amant en douleur;
Allez allez filer, & qu'onques honneste homme
Enuelopé d'amour, pour vous ne se consomme:
Mais passez en mespris de vos iours le mal-heur.

XIII.

S'il y a quelque amour, ce n'est que fantasie
Dont enfin les effects ne sont que vanité,
Que par noms ressentans l'air de diuinité
Nous osons appeller l'honneur de nostre vie:
Ainsi par tels abus paroist nostre folie
Qui de ieunes errans tient l'esprit arresté,
Desquels plustost le cœur vaillant, grād, indompté:
Deuroit tenir pour rien ceste vaine furie.
Il faut qu'vn homme soit terrible, auantureux,
Honteux d'estre estimé languissant amoureux,
Mais desireux d'auoir vn honneur qui merite:
Tel honneur ne vient pas d'adorer des beaux yeux,
Car pour vn bel esprit ardent, & genereux,
Vne telle fortune est indigne & petite.

XIIII.

Hé! qu'elle a bonne grace, & qu'elle est douce & bel-
Qu'elle a de Majesté, hé! qui ne l'aimeroit, (le,

Et qui pour la seruir bien-heureux ne voudroit
Consumer ses beaux iours en l'adorant fidelle ?
Ce sont vos mots cõmuns Amans dont l'ame est telle
Que rien que vanité cognoistre ne sçauroit:
Mais quand bien vne dame en tout parfaicte auroit
Tout ce qu'on en peut dire, hé! bien que seroit-elle?
Quand elle auroit les yeux aussi beaux que le iour?
N'auroit rien de honteux, seroit toute l'amour,
Et qu'elle fut en tout vne parfaicte dame,
Que seroit-ce ? sinon, vne femme, & puis rien,
Vne femme qui n'est honneur, santé, ny bien,
Mais l'hameçon qui tire à ruyne nostre ame.

XV.

Vrayment ie ne di pas qu'il n'y en ait quelqu'vne
Qui ne merite bien quelques restes d'honneur,
Qu'õ ait pour ses beautez quelque amitié au cœur,
Pour passer auec elle vne mesme fortune.
Car la necessité à plusieurs gens commune,
En a beaucoup submis au joug de ce mal-heur,
Et le destin fascheux qui hait nostre grandeur,
Gourmande nostre estat par la femme importune,
Puis donc qu'il est ainsi, on ayme encores mieux
Eslire de deux maux le mal plus gracieux,
Et partant pour cela des belles on faict conte:
Et si n'estoit aussi que leur voulons du bien,
Qu'on s'abaisse à aymer la femme qui n'est rien,

Ce ſeroit l'animal de meſpris & de honte.

XVI.

La Dame eſt elle honneſte, elle l'eſt par deuoir,
A-telle quelque grace, elle eſt bien fortunee,
Sçait elle quelque choſe, elle en eſt mieux ornee,
Sa beauté paroiſt elle, il la fait meilleur voir.
Pour tout cela faut-il d'vn debile vouloir,
S'imaginant du bien en ſon ame obſtinee,
S'humilier honteux à celle qui eſt nee
Pour heureuſe fleſchir deſſous noſtre pouuoir?
He! bien vous me direz, ie meure, ſon merite
A luy vouloir du bien ſi doucement m'incite,
Que contraint il me faut l'honorer & ſeruir:
Mais peſez ſon merite auec voſtre ſeruice,
Voſtre iuſte debuoir auec ſon artifice,
Et vous ſerez contraiut de vous en repentir.

XVII.

Deuoir beaucoup, & n'auoir point d'argent,
Eſtre malade, & n'auoir allegeance,
Eſtre en malheur, ſans auoir eſperance,
Auoir grand cœur, & ſe voir indigent:
Eſtre ſerui d'vn vallet negligent,
Auoir du bien ſans auoir iouiſſance,
Vouloir beaucoup, & eſtre ſans puiſſance,
Eſtre preſſé par vn faſcheux ſergent:
Eſtre en priſon, ou pour crime ou pour debte,

Estre estranger, n'auoir point de retraite,
N'auoir iamais ce que l'on a presté,
Pour ses mal-faits auoir l'ame pressee,
Tout cela n'est tant d'incommodité,
Comme d'auoir vne femme espousee.

XVIII.

Alors que vous serez en la chambre enfermee
Belle qui n'auez rien que l'amour dans le cœur,
Et que vous iugerez par ces vers mon erreur,
De dédain vous serez contre moy animee:
Ce fascheux direz vous n'eut oncq l'ame enflamee
Des delices d'amour, ains plustost de fureur
Et trop presomptueux, proche de son mal-heur,
Encourt infortuné sa triste destinee:
Le babillard qu'il est, il n'a point de credit,
Des Dames le mespris tout miserable il vit,
Meritant qu'à bon droit toute Dame le chasse:
Mais vous aurez grand tort, car qui vous blasme plus
Il est le mieux venu, il a moins de refus,
Et qui plus vous ennuye & plus il reçoit de grace:

XIX.

Il ne faut point aimer pour le contentement,
Il faut estre hardi, indiscret, temeraire,
Il faut tout hazarder, il faut brauement faire
Tout ce qui vient à gré, se faignant doucement.

On ſe mocque touſiours d'vn langoureux amant,
On trompe inceſſamment cil qui deſire plaire
On iugera touſiours indigne d'vn affaire
Celuy qui n'oſe pas l'attenter hardiment:
C'eſt abus que l'amour, on en trompe les beſtes,
Car entre les façons des Dames tant honneſtes,
On feint quelque amitié, mais on faict le deuoir:
Ce que l'on dit Amour, eſt vne fantaſie
Dont les Dames d'honneur enueloppent la vie
De ceux qui n'ont courage, audace, ni pouuoir.

XX.

Belles dont le deſpit iamais ne ſe termine,
Quand vous lirez ces vers ne vous faſchez de rien,
Ie n'ay point veu de mal, ie ne ſçay que tout bien
De vous heureux Soleil qui le monde illumine:
Croyez ie vous ſuppli que ie ne me mutine,
Pour auoir eſté pris d'vn amoureux lien,
Ie ne ſuis offencé d'vn faſcheux entretien,
Ni pour quelque dédain ie n'ay l'ame mutine:
Ce que ie chante icy, ie le fais à plaiſir,
Pour debatre auec vous ie cherche ce loiſir,
Me ioüant doucement de vous autres follettes,
Ainſi chacun ſe peut à ſon gré reſiouir,
Car vous n'eſtes ſinon pour nous entretenir,
Soit que nous vous nommions ou folles ou honne-
ſtes.

XXI.

Les pensees d'amour ne sont que fictions,
Dont on sçait amuser l'abusee ieunesse,
Afin que par cela vn esprit on repaisse,
Pour se mocquer en fin de ses intentions,
Et ce pendant vn fol en ces opinions
Au jeu se picquera, pour sa belle maistresse,
Et elle à son plaisir vsant de sa finesse
Le laissera trompé d'imaginations.
A doncques le pauuret se laissera conduire
Aux erreurs de l'amour, donnant suiet de rire
A celles dont plusieurs ou tout contentement:
Et tandis il aduient qu'ainsi comme ces belles,
Se mocqueront d'vn sot, on se mocquera d'elles,
Et ce pendant ainsi chacun vit chastement.

XXII.

Voulons nous faire bien accordons nous, les belles
Ne faignons point d'amour les tristes cruautez,
Enuoyans loing d'icy nos importunitez,
Ne faisons les constans, ne faites les rebelles.
Laissons la vanité de nos flames cruelles,
Oublions les discours de nos fidelitez,
De moy, ie veux l'effait, & vous le meritez,
Et desire establir telles loix eternelles:
Aussi faut en amour estre presomptueux,
Feindre vous recherchant d'estre sage amoureux,

Se preuallant tousiours d'vne bonne fortune,
Se taire quelquesfois, peu souueut rechercher,
Prendre tout ce qui vient, en vain rien ne tascher,
Toute Dame aborder, & n'estre content d'vne.

XXIII.

Il n'est rien de si beau que l'amoureuse flame,
Et d'auoir en l'esprit quelque belle douceur :
Mais ce qu'on pense amour n'est point ceste fureur
Qui fait qu'vn homme soit esclaue d'vne Dame :
L'amour est vn doux feu qui doucement enflame,
Vn feu ne peut durer sans subiect en ardeur,
Le subiect & l'ardeur sont se ioindre en douceur,
Et sentir tel effait, est l'ame de nostre ame :
Autrement ce n'est rien, Amour est vn effait,
Il ne le faut penser vn importun souhait
Qui nous fait courre apres des fantasques idées,
Dames vous le sçauez, car sans vous tourmenter,
Vous choisissez celuy qui vous peut contenter,
Et laissez souspirer cil qui vit de pensées.

XXIIII.

Que vous trouuerez bon que ie me precipite
Aux douceurs de l'effaict qu'en amour nous cher-
Vous dites à part vous, voila nous le tenons, (chõs,
Il est prins par ce feu qui dans son cœur s'excite.
Il est vray, ie le sens, doucement il s'irrité,
Et se multipliant il chauffe mes poumons,

Desia i'ay dedans moy vn millier de tisons,
Ayant du feu d'amour l'ame toute recuite.
Mais en ma pasion si i'ay recours à vous,
Voila vostre fierté vous mettra en courroux,
Et tiendrez vostre rang, belles presomptueuses,
Vous parlerez d'honneur, & ne ferez plaisir
Qu'à ceux qui n'ont rien moins qu'vn semblable desir,
De peur de descouurir vos flammes amoureuses.

XXV.

Ne parlez point d'honneur, il n'est honneur semblabe
A la delicatesse où l'on se laisse aller,
Alors que doucement on se sent enlacer
Des doux humains plaisirs d'vn suiet aggreable.
L'honneur est posseder ce qui est desirable,
Plus de suiets on peut doucement caresser,
Et plus on peut d'honneur iustement amasser,
Et de plus on triomphe, & plus on est loüable:
Toutefois ie diray que vous ferez fort bien
Lors qu'à ces demandeurs vous n'octroyerez rien,
Car ils raportent tout & ne sçauent rien faire:
Mais à qui le sçait prendre, & vser du loisir,
Faictes à la coustume, & le laissez iouyr,
L'amour est en l'effaict & l'honneur à se taire.

XXVI.

Vrayment c'est vn grand cas de vos querimonies,

Que tāt vous debatez pour vn fantasque honneur:
Mais qu'est ce que l'hōneur, autre chose que l'heur
De iouyr bien souuent de ses douces enuies?
Pourtant ne faites plus tant de ceremonies,
Vous dames qui feignez ne sentir dans le cœur
Cet espoinçonnement de la mignarde ardeur,
Qui n'a but que l'estat des personnes vnies.
Faites ainsi qu'il faut, & comme font tousiours
Celles qui sçauent bien sous vn voile d'amours
Receuoir & donner toute delicatesse:
Mais quoy il y tant de Dames sans esprit,
Qu'elles ont vn honneur qui est fait par despit,
A qui plus on fait bien & plus on l'interesse.

XXVII.

Nous sommes assez fols, quand surpris des douceurs
D'vn incertain plaisir, nous donnōs quelque entree
A ce qu'on dit Amour, dont nostre ame attiree
S'imagine du bien tout confit en douleurs.
Car alors nous prions espoinçonnez d'ardeurs,
Humbles nous gemissons affligez de pensee,
Fiers nous nous mutinons ayans la vie outree
De ce qui n'est sinon vn nuage d'erreurs:
Qu'est-ce que nous voulōs? nous donner de la peine,
Seruir auec douceur vne dame inhumaine,
Et qui sans son plaisir iamais n'en feroit rien:
Bien que les femmes soyent indiscrettes, volages,

Il me les faut loüer, car elles sont plus sages,
De se faire prier pour receuoir du bien.

XXVIII.

Ie parle d'vn honneur qu'il ne faut pas priser,
Car ordinairement des affaires sacrees
Qui concernent l'estat, les femmes reiettees
N'ont iamais eu credit de se formaliser :
Et pourtant, c'est abus de se scandaliser
Des faicts particuliers des Dames mesprisees,
Veu qu'elles ne sont rien entre nous estimees,
Qu'au prix que l'on en peut pour le seruice vser :
Laissons donc cet honneur, car leur honneur plus rar
Est alors qu'oublians leur pensee barbare,
Et leur meschante teste, elles font leur deuoir :
Et ce pendant vsons d'vne belle puissance
Pour en sçauoir ioüir, dontant leur arrogance,
Non par vn bruit d'honneur, mais par nostre pou (uoir

XXIX.

Celle qui moins aura de cause suffisante
D'establir en honneur sa reputation,
Fertile en ses discours, grande d'opinion,
Et fera plus de bruit qu'vne plus apparente.
Celle qui voudra plus que l'amour la contente,
Es autres blasmera toute belle action,
Cependant qu'en son cœur pleine d'affection
De desirez plaisirs, elle mourra d'attente :

Comment les faut-il prendre ? Il ne faut s'abuser
Aux propos deguisez, mais bien accord vser
Du tẽps, & du pouuoir que le hazard nous preste:
Le temps & le hazard sont prests incessamment,
Pourueu qu'on sçache bien en vser prudemment,
Et qu'on forge vn honneur le faisant en cachette.

XXX.

Si vne femme n'est en bon point & gentille,
Il n'est rien de si laid ny tant propre au dédain,
C'est l'animal plus vil, plus fascheux, plus chagrin,
Plus importun, plus sot, plus pauure, & inutile.
Si par long exercice elle deuient habile,
Elle en aura le cœur tant fierement hautain,
Que son esprit fantasque, indonté, & mutin,
La rendra insolente, & d'accez difficile:
Et puis telle qu'elle est venez pour la prier,
Elle prendra en mal qu'on la veut honorer,
Ou vous refusera tant sera glorieuse:
Mais sans luy dire mot prenez le audacieux,
Et lors en son esprit, ou sot, ou glorieux,
Elle s'estimera & belle & bien-heureuse.

XXXI.

On fait estat de vous, mais sçauez-vous pourquoy ?
Il nous le plaist ainsi, & pour nostre seruice
Nous voulons que soyez ornees d'artifice,
Autrement vous seriez l'ombre de tout esmoy:

Vous le ſçauez aſſez, ie le vois & le croy,
Pource que vous cherchez l'induſtrie propice
De faire que voſtre art vos beautez eſtabliſſe,
Et nous faire ſemblant qu'il y a bien de quoy.
Que cela ne ſoit vray, on ne vous void rien faire
De bon, ou à propos, ou qui ſoit neceſſaire,
Pour l'entretien humain de la ſocieté:
Mais à vos affiquets ſans ceſſer arreſtees,
Vous recherchez cõment vous ſerez mieux parees,
Pour vendre au plus offrant voſtre chere beauté.

XXXII.

Nous vous faiſons honneur, car honteux nous ſeriõs
De nous accommoder de choſe meſpriſee,
Il ne faut pas pourtant qu'ayez en la penſee,
Que de voſtre grandeur quelque cas nous faiſions:
Si pour le paſſetemps nous ne vous eſtimions
Voſtre beauté ſeroit honteuſement paſſee,
Comme il en aduiendroit n'eſtant point exercee
Par le petit plaiſir que d'elle nous prenons:
Ainſi que les enfans font cas de leur poupee,
Que le braue ſoldat eſtime ſon eſpee,
Que le docteur a ſoin des volumes qu'il lit,
Qu'on ayme vn beau cheual, vn tableau, vne image,
Qu'on eſt aiſe d'auoir chez ſoy de beau meſnage,
Ainſi pour s'en ſeruir la plus belle on choiſit.

XXXIII.

Dame ie ne ſuis point vn Arabe, vn Corſaire
Vn Tartare, vn Dragon, vn Scythe, vn furieux,
I'ay vn cœur qui reſēt les traits de vos beaux yeux,
Et qui ne fut iamais à vos douceurs contraire :
On peut facilement par les graces m'attraire,
De tout ce qui eſt beau ie ſuis fort curieux,
Mais enuers vn cœur fier le mien eſt glorieux,
Et ne ſçaurois ſouffrir vne ame temeraire :
Que ſert-il de nous feindre vne farouche humeur,
Puis que nous ſçauōs bien que vous auez vn cœur
Qui ſouffre comme nous, d'vn deſir la puiſſance ?
Ne feignez donc l'abus, dont couſtumierement
Vous repaiſſez les ſots, mais viuons librement,
Et prenons du plaiſir en ſaine conſcience.

XXXIV.

C'eſt vn bel animal qu'vne femme bien belle,
Pourueu qu'elle ſoit propre & ait de la douceur.
Qui corrige l'aigreur qu'elle a dedans le cœur,
Et les dedains mortels de ſon ame rebelle :
C'eſt vn digne ſujet qu'vne Dame fidelle,
Qui merite à bon droit que l'on luy face honneur,
Mais on y trouue tant de feinte & de rigueur,
Que plus a de beautez, & plus elle eſt cruelle :
De fainte inceſſamment ſe farde de ſa beauté,
En l'ame elle a touſiours la fiere cruauté,

Et ne peut on dompter iamais sa violence :
Elle faindra d'aymer pour son contentement,
Mais cruelle voudra de chasque pauure amant
Tirer mille fois plus qu'il n'aura de puissance.

XXXV.

Que vous m'iniurirez belles presomptueuses,
De descouurir ainsi les secrets du mestier,
Que de diuers tourmens vostre courage fier
Inuent'ra pour punir ces paroles fascheuses :
Ha ! si ie le tenois, diront ces furieuses,
Vrayment nous le sçaurious iustement chastier,
Il n'auroit dessus luy membre qui fut entier,
Et sçauroit qu'à bon droit nous sõmes rigoureuses :
Que ne sçay-ie qu'il est, dira toute en despit,
Vne à qui la fureur les beautez embellit,
Vrayment il sentiroit combien ie suis cruelle.
Et que me feriez vous ? Afin de me fascher,
Vous me feriez tout vif entre vos bras coucher
Pour dompter les fureurs de mon ame rebelle.

XXXVI.

Ie meure i'ayme bien à ioüer doucement,
Auecques les beautez d'vne Dame mignarde,
Et sens ie ne sçay quoy qui lentement me darde
Vn trait qui resioüit tout mon entendement :
Ceste delicatesse est tant poltronnement
Attachee à nos cœurs, qu'ainsi on se hazarde

Meſme aux plus grands perils, ſans qu'on ſe prẽne
garde
Qu'on peut pour peu de cas encourir grand tour-
Puis dites ie vous pri' que ces Dames tãt belles (mẽt.
Ne ſont pas des eſprits pour perdre les fidelles,
Et le ioyeux moyen de la perdition,
Veu que nous ſçauons bien qu'elles ſont la fontaine
De tout noſtre mal-heur, toutefois en grãd' peine
En elles nous cherchons noſtre corruption.

XXXVII.

Dames iugez vn peu mais equitablement,
Si vous ne deuez pas chercher la courtoiſie
De nous, qui vous gardons appuy de noſtre vie,
Qui ſommes voſtre hõneur & voſtre auancement.
Qu'eſt-ce que vous pourriez, ſi liberalement
Nous ne vous ſoulagions, pauure race affoiblie,
Et que deuiendriez vous, ſi nous n'auions enuie
De vous communiquer noſtre contentement?
Vrayement pour vous monſtrer quelle eſt noſtre ex-
cellence,
Rabaiſſant quelquefois noſtre ſage conſtance
Nous vous faiſons ioüir du bien que nous auons:
Et vous qui le ſçauez de fait ou de penſee,
D'vn plaiſir tant parfait ayant l'ame eſlancee,
Vous oubliez l'honneur dõt nous vous obligeons.

Vous

XXXVIII.

Vous me dédaignerez, ie vous meſpriſeray,
Vous direz mal de moy, ie n'en feray pas contè,
Vous me diffamerez, ie n'en auray point hont e,
Et maugré vos dédains bien-heureux ie viuray :
Ie ne vous aimeray ny vous rechercheray,
Et trionfant de vous mon ame ſera prompte
A fuir vos beautez : car mon coeur ne ſe domte
Pour ſi peu dont iamais ie ne l'abuſeray :
Ie ne profaneray l'honneur de ma ieuneſſe
A vainement nommer vne Dame maiſtreſſe,
Et ne m'occuperay de telles vanitez :
Et vous qui cognoiſtrez la grandeur de mon ame,
De peur que diſãt vray, par tout ie ne vous blaſme,
Vous me viendrez offrir vos plus cheres beautez.

XXXIX.

Dames qu'auez-vous tant qu'auec tant de myſtere
Il falle rechercher, il y a bien de quoy,
C'eſt bien pour ſe donner en l'ame de l'eſmoy,
C'eſt bien pour conceuoir au cœur tant de miſere.
He ! ie ne l'auray pas, ie n'y ſçauroy que faire,
Il n'y a pour cela ny bien ny mal pour moy,
Et vrayment c'eſt tout vn, ie dis en bonne foy,
Que ie ne veux tancer pour choſe tant legere.
Bien nous voila d'accord, mais dites verité,
Voſtre petit courage eſt il point dépité,

Me voyant mespriser vos beautés & vous mesme:
Si est, & en auez plus de dépit au cœur,
Qu'il n'y a de plaisir, de grace & de douceur,
A receuoir de vous ce qui fait qu'on vous ayme.

XL.

Que peut-il reuenir de tant se tourmenter,
Belles, en desirant de vous estre aggreable,
Sinon de demeurer pensif & miserable
Pour vn sujet si vain qu'on n'ose s'en venter?
Il vaut mieux gayemēt quelquesfois vous hanter,
Et en vous desrobant ce qui est desirable
Vous donner du plaisir, pour auoir le semblable,
Sans qu'il falle pour rien triste se lamenter:
Il faut estre ioyeux, & caresser les belles,
Et si on les cognoist glorieuses rebelles,
Pour leur faire despit, faut hanter autres lieux.
Il ne faut autrement aimer cela qui n'aime,
Mais suiuant le hazard, se hazarder de mesme,
Et ne s'arrester point tant qu'on trouuera mieux.

XLI.

Ne nous recherchez pas, ce direz vous mes Dames,
Certes qui le feroit vous vous en fascheriez,
Ie croy (car il est vray) que si ne le vouliez,
Vous ne tendriez pas tant de filets à nos ames.
D'aise vous vo⁹ perdez quād quelques douces flames
Bruslēt pour vos beautez vn cœur dont vous riez,

Mais si ce n'estoit nous, tant perdues seriez
Que ce ne seroit qu'vn, le malheur & les femmes.
Ostez tous vos attours, vos fards, vos hameçons,
Sans cesse priez Dieu & gardez vos maisons,
Et ne nous allechez auec tant d'artifice :
Nous nous passerons bien de voir vostre beauté,
Et nous ne vous prendrons qu'à la necessité,
Car vous n'estes sinon pour nous faire seruice.

XLII.

Si pour gaigner l'honneur des Lauriers de cet aage,
Il me falloit tracer des vers sur ce subject :
Pourautant que i'en sçay, ie serois le parfaict
A chanter les erreurs de ce sexe volage.
Et si pour vous brauer ie piquoy mon courage,
Dames, vostre beauté se perdroit sans effait,
Il faudroit dire adieu, de vous ce seroit fait,
Mais non ie ne veux pas en dire d'auantage :
Ie ne vous lou'ray point, ny ne vous blasmeray,
Laissez moy viure en paix, ie vous laisseray,
Aussi biẽ n'estes vous que mal heur, hõte, & perte:
Toutesfois par plaisir de vous pitié i'auray,
Pource que ie sçay bien que i'en enseigneray
Plusieurs comme il faut estre humble, sage, & discrette.

FIN.

www.ingramcontent.com/pod-product-compliance
Ingram Content Group UK Ltd.
Pitfield, Milton Keynes, MK11 3LW, UK
UKHW020407250726
13967UKWH00006B/2524

9 782011 942135